ROTKÄPCHEN

Brüder Grimm

Es war einmal ein kleines süßes Mädchen, das hatte jedermann lieb, der sie nur ansah, am allerliebsten aber ihre Großmutter, die wusste gar nicht, was sie alles dem Kinde geben sollte. Einmal schenkte sie ihm ein Käppchen von rotem Samt, und weil ihm das so wohl stand, und es nichts anders mehr tragen wollte, hieß es nur das Rotkäppchen. Eines Tages sprach seine Mutter zu ihm: "Komm, Rotkäppchen, da hast du ein Stück Kuchen und eine Flasche Wein, bring das der Großmutter hinaus; sie ist krank und schwach und wird sich daran laben. Mach dich auf, bevor es heiß wird, und wenn du hinauskommst, so geh hübsch sittsam und lauf nicht vom Wege ab, sonst fällst du und zerbrichst das Glas, und die Großmutter hat nichts. Und wenn du in ihre Stube kommst, so vergiss nicht guten Morgen zu sagen und guck nicht erst in allen Ecken herum!"

"Ich will schon alles richtig machen," sagte Rotkäppchen zur Mutter, und gab ihr die Hand darauf. Die Großmutter aber wohnte draußen im Wald, eine halbe Stunde vom Dorf. Wie nun Rotkäppchen in den Wald kam, begegnete ihm der Wolf. Rotkäppchen aber wusste nicht, was das für ein böses Tier war, und fürchtete sich nicht vor ihm. "Guten Tag, Rotkäppchen!" sprach er. "Schönen Dank, Wolf!" - "Wo hinaus so früh, Rotkäppchen?" - "Zur Großmutter." - "Was trägst du unter der Schürze?" - "Kuchen und Wein. Gestern haben wir gebacken, da soll sich die kranke und schwache Großmutter etwas zugut tun und sich damit stärken." - "Rotkäppchen, wo wohnt deine Großmutter?" - "Noch eine gute Viertelstunde weiter im Wald, unter den drei großen Eichbäumen, da steht ihr Haus, unten sind die Nusshecken, das wirst du ja wissen," sagte Rotkäppchen. Der Wolf dachte bei sich: Das junge, zarte Ding, das ist ein fetter Bissen, der wird noch besser schmecken als die Alte. Du musst es listig anfangen, damit du beide schnappst. Da ging er ein Weilchen neben Rotkäppchen her, dann sprach er: "Rotkäppchen, sieh einmal die schönen Blumen, die ringsumher stehen. Warum guckst du dich nicht um? Ich glaube, du hörst gar nicht, wie die Vöglein so lieblich singen? Du gehst ja für dich hin, als wenn du zur Schule gingst, und ist so lustig haussen in dem Wald."

Rotkäppchen schlug die Augen auf, und als es sah, wie die Sonnenstrahlen durch die Bäume hin und her tanzten und alles voll schöner Blumen stand, dachte es: Wenn ich der Großmutter einen frischen Strauß mitbringe, der wird ihr auch Freude machen; es ist so früh am Tag, dass ich doch zu rechter Zeit ankomme, lief vom Wege ab in den Wald hinein und suchte Blumen. Und wenn es eine gebrochen hatte, meinte es, weiter hinaus stände eine schönere, und lief danach und geriet immer tiefer in den Wald hinein. Der Wolf aber ging geradewegs nach dem Haus der Großmutter und klopfte an die Türe. "Wer ist draußen?" - "Rotkäppchen, das bringt Kuchen und Wein, mach auf!" - "Drück nur auf die Klinke!" rief die Großmutter, "ich bin zu schwach und kann nicht aufstehen." Der Wolf drückte auf die Klinke, die Türe sprang auf und er ging, ohne ein Wort zu sprechen, gerade zum Bett der Großmutter und verschluckte sie. Dann tat er ihre Kleider an, setzte ihre Haube auf, legte sich in ihr Bett und zog die Vorhänge vor.

Rotkäppchen aber, war nach den Blumen herumgelaufen, und als es so viel zusammen hatte, dass es keine mehr tragen konnte, fiel ihm die Großmutter wieder ein, und es machte sich auf den Weg zu ihr. Es wunderte sich, dass die Tür aufstand, und wie es in die Stube trat, so kam es ihm so seltsam darin vor, dass es dachte: Ei, du mein Gott, wie ängstlich wird mir's heute zumut, und bin sonst so gerne bei der Großmutter! Es rief: "Guten Morgen," bekam aber keine Antwort. Darauf ging es zum Bett und zog die Vorhänge zurück. Da lag die Großmutter und hatte die Haube tief ins Gesicht gesetzt und sah so wunderlich aus. "Ei, Großmutter, was hast du für große Ohren!" - "Dass ich dich besser hören kann!" - "Ei, Großmutter, was hast du für große Augen!" - "Dass ich dich besser sehen kann!" - "Ei, Großmutter, was hast du für große Hände!" - "Dass ich dich besser packen kann!" - "Aber, Großmutter, was hast du für ein entsetzlich großes Maul!" - "Dass ich dich besser fressen kann!" Kaum hatte der Wolf das gesagt, so tat er einen Satz aus dem Bette und verschlang das arme Rotkäppchen.

Wie der Wolf seinen Appetit gestillt hatte, legte er sich wieder ins Bett, schlief ein und fing an, überlaut zu schnarchen. Der Jäger ging eben an dem Haus vorbei und dachte: Wie die alte Frau schnarcht! Du musst doch sehen, ob ihr etwas fehlt. Da trat er in die Stube, und wie er vor das Bette kam, so sah er, dass der Wolf darin lag. "Finde ich dich hier, du alter Sünder," sagte er, "ich habe dich lange gesucht." Nun wollte er seine Büchse anlegen, da fiel ihm ein, der Wolf könnte die Großmutter gefressen haben und sie wäre noch zu retten, schoss nicht, sondern nahm eine Schere und fing an, dem schlafenden Wolf den Bauch aufzuschneiden. Wie er ein paar Schnitte getan hatte, da sah er das rote Käppchen leuchten, und noch ein paar Schnitte, da sprang das Mädchen heraus und rief: "Ach, wie war ich erschrocken, wie war's so dunkel in dem Wolf seinem Leib!" Und dann kam die alte Großmutter auch noch lebendig heraus und konnte kaum atmen. Rotkäppchen aber holte geschwind große Steine, damit füllten sie dem Wolf den Leib, und wie er aufwachte, wollte er fortspringen, aber die Steine waren so schwer, dass er gleich niedersank und sich   totfiel.

Da waren alle drei vergnügt. Der Jäger zog dem Wolf den Pelz ab und ging damit heim, die Großmutter aß den Kuchen und trank den Wein, den Rotkäppchen gebracht hatte, und erholte sich wieder; Rotkäppchen aber dachte: Du willst dein Lebtag nicht wieder allein vom Wege ab in den Wald laufen, wenn dir's die Mutter verboten hat.

Es wird auch erzählt, dass einmal, als Rotkäppchen der alten Großmutter wieder Gebackenes brachte, ein anderer Wolf es angesprochen und vom Wege habe ableiten wollen. Rotkäppchen aber hütete sich und ging geradefort seines Wegs und sagte der Großmutter, dass es dem Wolf begegnet wäre, der ihm guten Tag gewünscht, aber so bös aus den Augen geguckt hätte: "Wenn's nicht auf offener Straße gewesen wäre, er hätte mich gefressen." - "Komm," sagte die Großmutter, "wir wollen die Türe verschließen, dass er nicht hereinkann." Bald danach klopfte der Wolf an und rief: "Mach auf, Großmutter, ich bin das Rotkäppchen, ich bring dir Gebackenes." Sie schwiegen aber und machten die

Türe nicht auf. Da schlich der Graukopf etlichemal um das Haus, sprang endlich aufs Dach und wollte warten, bis Rotkäppchen abends nach Hause ginge, dann wollte er ihm nachschleichen und wollt's in der Dunkelheit fressen. Aber die Großmutter merkte, was er im Sinne hatte. Nun stand vor dem Haus ein großer Steintrog, Da sprach sie zu dem Kind: "Nimm den Eimer, Rotkäppchen, gestern hab ich Würste gekocht, da trag das Wasser, worin sie gekocht sind, in den Trog!" Rotkäppchen trug so lange, bis der große, große Trog ganz voll war. Da stieg der Geruch von den Würsten dem Wolf in die Nase. Er schnupperte und guckte hinab, endlich machte er den Hals so lang, dass er sich nicht mehr halten konnte, und anfing zu rutschen; so rutschte er vom Dach herab, gerade in den großen Trog hinein und ertrank. Rotkäppchen aber ging fröhlich nach Haus, und von nun an tat ihm niemand mehr etwas zuleide.

ENDE